KB203229

백두산

국립중앙도서관 출판시도서목록(CIP)

백두산 / 지은이: 고은. -- 양평군 : 시인생각, 2013
 p. ; cm. -- (한국대표명시선 100)

"고은 연보" 수록
만해사상실천선양회의 지원으로 간행되었음
ISBN 978-89-98047-98-6 03810 : ₩6000

한국 현대시[韓國 現代詩]

811.62-KDC5
895.714-DDC21   CIP2013013086

한 국 대 표
명 시 선
1 0 0

고 은

백두산

시인생각

■ 시인의 말

　가는데 마다 '시는 무엇인가?' 라는 오래된 질문이 있었
다. 내 대답들은 내가 가 있는 나라마다 거의 달랐다. 굳이
속지시론屬地詩論인 셈이었다.

　어느덧 그 질문의 누적 탓인지 내가 혼자 있는 어떤 시각
에 나의 자문自問이 되기도 한다. 내가 한밤중 어둠 속의 나
에게 대고 묻는다. 그러다가 파도한테도 묻고 산에게도 묻
는다. '시가 무엇인가? 라고
　그런데 묻기만 하고 대답은 감감무소식이다.

이런 대답 없는 삶이 내 시의 삶이기도 할까.

사천형의 편찬으로 내 모자라고 모자란 시의 지난날이 여기 와 있다.

고개 돌리며 감사의 뜻을 숨긴다.

어제도 열한 살 아이로 돌아가 길을 가로지르는 지렁이에게 물었다. '애야 너는 알고 있지? 시가 뭐지?'

고백컨대 열한 살 적의 나는 시고 나발이고 숫제 몰랐다.

2013년 여름

고 은

■ 차 례 ─────────── 백두산

시인의 말

1

1

서시
— 백두산

장군봉 망천후 사이 억겁 광풍이여
그 누구도 다스리지 못하는 광풍이여
조선 만리 무궁한 자손이 이것이다
보아라 우렁찬 천지 열여섯 봉우리마다
내 목숨 찢어 걸고
욕된 오늘 싸워 이 땅의 푸르른 날 찾아오리라

불귀
― 백두산

돌아가지 못한다
돌아가지 못한다
총칼의 때
허항령 넘고 넘어
제비옥잠
내일 아침 다 피리라
이제 돌아가지 못한다 바우야

여기 매어둘 분노라면
커다란 분노 아니더냐
먼 바다 수평선 너머
까마아득한 그 영광 파도쳐 오라
한 마리 용 온 바다 뒤집어 용트림으로 치솟아 올라
하늘가에 이르러 부르짖어라
밤새도록 컹컹컹 벼랑 뚫어 부르짖어라

하늘의 포효 맞받아
땅에서도 말뚝 박아라 컹컹컹 짖어 말뚝 박아라
이 밤중
삼라만상 밤중 말뚝 박아

뭇별 떨어져 묻히리라 꽃 피어나리라

바우야 돌아가지 못한다
네 어머니
어머니의 눈 그윽이 빛날 때
삼지연 물에서
툼벙! 물소리 난다 모든 새소리 끊어졌다
이야기가 빠졌다
바우야 네 마음도 몽땅 빠졌다
한번 검게 휘청거리는
관솔불 끝에
눈잣나무 관솔불 끝에 머루눈 빛날 때
길고 긴 이야기 끝났다
이야기 하나 끝났으나
이야기 끝은 끝이 아니다
한복판 가슴팍의 씨 노는 처음이야 처음이야
검댕이 흙 헤치고 나온 가슴이야

어머니의 이야기는
그렇게도

산 넘고 물 건넌 사연 한도 많은 사연이더니
군데군데 한숨 골짜기 사연이더니
마침내 잘 먹고 잘 살았다로 끝났다
이 첩첩산중 한변외 터 숨어든 사람에게
이 꽉 막힌 외로움을 날마다 꿀컥꿀컥 삼켜야 하는 사람에게
언제나 이야기의 끝에서 세상이 살아난다
모진 병 나은 듯이
사슬 풀려난 듯이
이야기 끝의 새 세상이
6월 산능금꽃 이어 새 이깔나무 연둣빛 이파리의 세상이
어린 바우에게 살아난다
잘 먹고
잘 사는 날이 살아난다
긴 밤
북포태산 넘고 넘어
어린 바우 밤마다 붉어졌다
바우야 이야기 속에서
어머니의 하염없는 고개 넘어
이야기 속에서
너 분비나무처럼 자라난다

바우야
너로 하여금
아직 하잘것없는 너로 하여금
네 조상의 욕된 세월 묻어
그 세월의 두엄이여 어둠이여

네 어머니는
네 젊은 어머니는 어머니뿐 아니라
먼 바다 증조할머니 도요새
할머니 휘파람새
어머니 소쩍새
네 동무와 누나 할미새이다
어머니는 너로 하여금 나는 새이다 하늘이다
하늘 아래 끝간데 모를 네 나라이다
그러나 네 어머니는 엄숙한 한 아낙이다

애오라지 깊은 첩첩산중
숨 막히는 산중
눈감아라
세찬 바람 몰려가는 산중

까마아득한 산중
첩첩산중
어느 날 슬퍼 두 팔 벌벌 떨리는 슬픔도
그것 하나가 천년이거니와
아서라
첩첩산중
이 산중 석 달 만인가 산삼 심마니 하나 왔다
너훌너훌 기쁘구나
심멧길 가는
늙수그레 심마니 하나 온 것이
이 세상
저 세상 다 이루었다
기쁨이야말로 돌도 물도 사람이게 한다
온통 빛나는 아름다운 자작나무뿐인데
이깔나무뿐인데
산고로쇠 청시닥 시닥나무뿐인데
살아온 하루하루 어디 가고
오늘 하루뿐인데
산마루 삼층바위 벼랑바위
밤이면

호랑이 울부짖는 소리뿐인데
어흥
그 소리 뒤
비로소 그 고요 가운데 거짓 하나 없어라
이야기는 끝났다
그 끝에서 어린아이가 꿈꾼다
잠도 없이
무서움도 없이
네 살인데
네 살배기가 꿈꾼다 총칼의 때가 온다
눈 감아라 떠라
멀지 않아 동튼다
푸드득 방울새 멧새 날며 동튼다
밤은 크나큰 일이구나
아침이면 싸움 끝 고요같이
한 나라 세워진다
네 살배기 바우야 네 세상이다

그 아름다움 다 벗어났다
그 아름다움과 높은 기품 부숴버렸다

어머니
이 세상을
아무 곳도 모르던 어머니
이제 지난날의 모습
어디에도 남지 않은 어머니
그러나 아직도 아름다운 어머니
젊은 어머니
며칠 째나 떠난 남편 기다린다
산 보며 밭 따비질한다
간소백 소백 물 건너 침봉 우렁찬 산자락 아래
험한 길 넘고 넘어
구진벌 사냥 간 남편 기다린다
때로는 포태마을
아니거든 보천보 먼 길
거기 가서
담비가죽 주고
소금도 옷가지도 좁쌀도 바꿔가지고
영락없이 돌아오는 남편을 맞이한다
기다림이 익어
깊이깊이 익어 썩어

때로는 마천령 간삼봉 넘어 서두수 갔던 남편 맞는다
장한지고
크나큰 등짐 한 짐에
보퉁이까지 걸고 몸 젖어 오면
가슴 설레어 달려간다
이 목숨으로 섬기는 남편
소나무 같은 남편
전나무 같은 남편
우리 남편
지친 몸 어서 잠재워야지
삼지연 다스운 물 물가에 나가
그 물에 몸 씻고
잠든 남편의 얼굴 든든하여라 은쩜이어라
비바람 쳐도 무섭지 않음이여
우리 남편
기쁨이여
이 기쁨 아래
무릎 아래
금강초롱꽃아
애기자운아

만병초야 노란만병초야
큰 산 열여섯 봉우리 눈 더미에서 피어있는 노란만병초야
이 서방님 이 아내 사이에서
어린아이 자라난다
바우야
어린아이 너에게
큰 산들이 말한다
장차 네 나라에 솟아올라
묵은 세상 개벽하거라
새 세상에 불끈 솟아올라라
바우야

늙은 심마니 떠나며 남긴 소식
갑신년 개화당 삼일천하 지난 뒤
그 일당 구족을 멸하였다 한다
일군 청군 한양성에서 엎치락뒤치락한다 하였다
한양성 밤 말발굽소리 밤새 들린다 하였다

삼지연 긴 밤 다한다
까막딱따구리

쇠오색딱따구리
그뿐이냐 세가닥딱따구리
서로 겨루며
신새벽 시퍼런 어둠 쪼아 우짖는다
먼 길 온 남편
잠 깨어 물 마신다
옥수수 주렁주렁 매단 천정 보며
내일같이
내일같이
지난날 생각한다
바람 분다
죽지 않고 살아왔다
바람아
한숨 한번 제대로 내쉬지 못하고
여기까지 살아왔다
지난날 떠올라
참지 말자 들쭉술 퍼먹고 싶다
징 쳐
쾅쾅콰앙 소리치고 싶다
북 치며 가고 싶다

여기가 어디라고
마천령 산자락 끄트머리
허항령 너머
삼지연 물가에
물 건너
낙엽송 그림자 울타리 삼엄하구나
여기가 어디라고
여기가 어디라고
여기까지 와서
이제 돌아가지 못한다
돌아갈 데 없이
돌아갈 데 없이 돌아가지 못한다
거적에 말려 송장으로도 돌아가지 못한다
여기는 올 수 있는 끝
구경!
이제 돌아가지 못한다
꿈속에서도
깨어나서도
딱따구리에 이어 아침 까마귀 짖는다

돌아가지 못한다 구경이므로

먼 길

— 백두산

머슴 놈과 눈맞아 덜컥 눈맞아
천벌 받아야지
아홉 살 꼴머슴 때부터
머슴질로 뼈 굵은
씨머슴과 눈맞아
캄캄밤중 그믐밤 도망쳐온 아씨
그 어느 날 뜻밖에도 머슴과 말 탄 꿈꾼 다음날
백년 묵은 팽나무 밑에서
팽나무 이파리 사이
햇빛 어지러이 빛나고 있는데
거기에 나온 아씨더러
두엄 지고 논에 나가다 쉬는 머슴
불쑥 말 한마디
아씨께서는 수박등 같으셔요 환하셔요 하던
그 난데없는 말 한마디 들은
그 머슴과 눈맞아
천릿길 도망쳐 온 아씨
역마살 오라버니 화승총 사냥길 따라간 머슴
오라버니보다도 더 사냥질 뛰어난 머슴
선불 맞은 멧돼지에 죽을 뻔한 오라버니
그 죽음에서 살려낸 머슴

그 머슴과 도망친 아씨

며칠 뒤 몰매 맞아 죽을 머슴
멍석말이로 죽을 머슴
백마강 느린 물에 수장 지낼 머슴
바깥마당 별채 광에 꽁꽁 묶여 갇힌 머슴
그 열명길 머슴 풀어낸 아씨
서슬 시퍼런 어머니 잠든 틈에 쇳대 훔쳐
잠긴 광문 따 묶인 머슴 풀어낸 아씨
그 길로 도망쳐온 아씨
그 길이 어느 길이던가

부여 땅 낙향한 조 감사 외동딸 한양아씨
백마강 봄바람 명주바람에
살구꽃인가
그 봄 지나 목단꽃인가
그런 아씨
하늘 같은 아씨
하룻밤에 불상놈 불상년 되었구나
이 어인 일이냐
이 어인 일이냐

그 머슴 놈 내일 당장 요절낼 것이로되
외동딸 한양아씨
바로 이 한양아씨 대롓날이라
쉬쉬쉬 광 속에 가둔 머슴
혼례 마친 뒤 요절낼 판이었는데
이 머슴 놈 수작 용서할 수 없는 판이었는데
녹두장군 큰 군사
남접군사 지나간 뒤
세상이 흉흉한데
게다가 지난해 큰 가물로
긴 겨울 부황나 죽어가는 사람 보고
어허 북망산천
헌 가마때기 덮여 죽어가는 사람 보고
조감사댁 일곱 머슴 중 혼자 나서서
주인네 곳집 털어
벼 열 가마 묵은 보리 열한 가마
주린 창자에 몰래 나누어주니
집집마다 굴뚝에 누런 연기 났다
밥 한 그릇에
입에 백일홍 핀다고
입에서 양반 상놈 녹아야 한다고

저 혼자 산해진미 상 받는 양반
그게 어디 사람인가
상감마마 삼정승 육판서도 그게 어디 사람인가
때가 온다 실컷 배부를 때 온다
녹두꽃 피는 때 온다
미친 듯이 설미친 듯이
이렇게 외쳐대며
이미 죽어질 목숨
머슴 하나이 주인마님한테 고자질하여
죽어질 목숨
죽여주기 전에
스스로 죽겠다고 낫 들어 배 찍는 순간
조 감사네 식객 마름 머슴들 달겨들어
그 즉차로 포박하니
하필 큰 경사 앞두고 이 무슨 흉액인가
만고의 불한당 놈아
이 역적 놈아
그토록 충직하던 머슴 만길이
꼴머슴 때부터 말대꾸 하나 건 적 없던 만길이
하 이놈이
하루아침에 너 죽을 고비 맞닥뜨렸구나

이놈 만길아 만길아
조 감사 아들 계룡산 만수산 사냥질 동무이던 놈
네놈이 언감생심
네놈이

그 머슴 살려내어
서낭당 돌 하나 놓지 못하고
도리어 돌 집어 들고
그것 하나 꼭 쥐고
한양아씨
이미 연길 보낸 아씨
그 가례 내동댕이쳐 도망쳐
불상년 되어 섬섬옥수 피멍 들었다

시집갈 때 따라갈 패물등속 싸매고
그 경황 중에도 앞날 헤아렸구나
꿈인가 생시인가
한양아씨 업은 머슴
정녕 생시인가
그믐밤 밤새도록
도망치며

도망치며
하늘 밑 어느 무덤가 원추리꽃 대궁아
이내 마음 놓을 데 어디더냐
도망치며
도망치며
목구멍에 단내 나며 불나며
저녁 마을 낯선 고장 냉갈 자욱할 때
주린 배 견디며
다친 다리 혼내주며
쓰러지면
다시 일어나
어허 까마아득한지고
태백산맥 산자락 화전 땅에 이르렀다
어릴 때부터 꿩도 쥐도 잘 잡았지
삵이 닭 한 마리 채어갈 때
돌멩이로 쳐 삵을 죽였지
그래서 감사 아들 홀딱 반해 함께 데리고 다녔지
그러나 이제 참새 한 마리 잡을 생각 못하고
아씨가 가져온
금가락지 넘기며 입에 밥 넣어가며 여기에 이르렀다
목숨 두 개 부지하며

먼 길 노죽섬 디디듯 넘고 넘고 여기에 이르렀다

기진맥진 고된 길 먼 길
선지덩어리 낙담이 몇 번이더냐
낙심천만 몇 번이더냐
산싸리꽃 흐드러져도
어디에 콧노래 하나 남아 있더냐
조각달 박혀
그 아래 지친 몸
다시 세워 나서야 했다
아씨 아씨 기운내세요
아직도 아씨라 부르며
업어 모시는 일밖에 모르는 머슴
업어 등짝에 닿은 아씨 몸 행여 어쩔세라 두근댄 머슴
그러나 고된 길 무서운 길 쫓기는 길이
그들의 마음에 불씨 피어나
어느덧 내 서방 내 각시 되어갔다
몸 허물어져 내 각시 되고 말았다
꿈이 아니다
꿈이 아니다
아침 이슬 풀 끝에 있고

그들의 눈과 눈 이슬 맺혀
꿈이 아니다
태백산맥 기나긴 줄기 그 아래
험한 기슭 풍암리 지나
달과 구름 함께 노는
어느 밤중 억새밭에서
억새 깔고 그들의 몸 하나 되었다
병풍 친 신방
겨 담은 요강 대야도 없이
오미자차도 주안상 생밤 대추도 없이
벗길 족두리도
겹겹의 옷도 없이
달빛 아래 가슴 풀어 주었다

서방님!
서방님이라 부르니 살겠어요

어! 으윽! 머슴 만길이는 돌로 울었다
죽어 흙으로 울었다
죽어 다시 태어나 울었다
이제 아씨도 아니다 머슴도 아니다

이 세상 가시버시다
달빛 퍼부어
이 세상의 힘이다 밤이다 붉은 새벽이다

불 질러라
불 질러
7년 간 땅 4년 논다
묵은 화전 척박하다
수풀 비탈 흙 파먹어보니
검은 혹 건땅이구나 몽글구나
칡밭에 불 질러라
새 화전 훤히 일구어라

서방이야 본디 상머슴 일꾼이나
손바닥에 척척 붙는 일꾼이나
한양아씨
가는 허리야 손에 물 한번 닿은 일 없는데
어이 이다지도 억척인가
백옥 손길 흙손 되어 이다지 억척인가

첫 물 딴 옥수수 찌고

두 물 따서 주렁주렁 달아맨 복이여
두 식구 매통질로 갈고 가는 복이여
눈과 눈 사이 기쁨으로
하잘것없는 비탈의 산나리꽃
그 꽃 따서
수목베 수건 푼 머리에 꽂고
나무 찍으러 나간 서방 기다린다
산 산 산 산이 에워싸고
돌아오는 서방 기다린다
맨지게에 걸친 통나무 기우뚱거리는데
큰 기쁨 돌아오는 기우뚱거리는데
그렇게 돌아오는 서방 기다린다
산짐승 한 마리 잡아오는 서방의 모습에 달려간다

이윽고 날 탁 저물면
내 손으로 지은 곡식
옥수수죽 한 그릇 두 그릇이
벅찬 가슴 뛰노는 춤 가득하다
입안에 침 마를 때 없다
한양아씨
목단꽃아씨

32

이제 내 각시 누더기각시 춤 가득하다
서방님도
새 이름 지어 심억만이 되었구나
심 서방
심 서방댁
눈 쌓인 방대산 골짜기
꽉 막힌 그 골짜기
이 세상 천년 살고지고
쫓는 놈 끊어지고
어느 놈도 못 오는 눈더미
석 달 열흘 꼼짝 않고
귀틀귀틀 막살이 너와집 들어앉아
너구리 되고 오소리 되고 한 쌍으로 살아간다
구구구구 멧비둘기로 살아간다
화티 불씨 꺼지지 않고 살아간다

내 사랑아
내 사랑아
내 사랑아
둥기둥기 어화 내 사랑아
눈도 코도 귀도 다 버리고 내 사랑아

봄 오면 밭에 나간다
사람 오면
세 눈 네 눈으로 살펴야 한다
그끄저께 밤 꿈에 오라버니가 화승총 겨누어
잣나무에 묶인 서방 쏘아댔다
악! 소리치며 꿈 깨었다
언 개울 풀려
인기척 인기척으로
물소리 솟아나는데
어제 그 물 건너왔던 사람
오늘 또 슬쩍 나타났다
떠나야 한다 개꿈이 아니었구나
이제까지 두 목숨 다하여
집 짓고 살림
살림낸 것 다 버려야 한다
떠나야 한다
어디에 정들지 말고 떠나야 한다

정든 밭뙈기 돌아보며
떠나자니 눈물이구나
아이 든 배 안고

그 지긋지긋한 길 뜨내기 길
쫓기는 길 떠나야 한다

그들의 쫓기는 길 해 넘기자
양병 의병
패랭이 쓰고
벙거지 쓰고
총도 들고
창 들고 떼 지어 가는 가평 홍천 의병 나타났다
심억만이 쫓기는 길에
그 의병들보고 힘이 났다
온 세상이 들끓는데
그들 내외 쫓는 사람
필시 의병대열 피하리라
그들 내외 저절로 의병 편들어
어느덧 왜놈이나 관군이나
쫓는 놈이나 다 원수로구나

그러나 밤중 소쩍새 소리
아침의 온갖 이파리
새 이파리

북으로 북으로 가는 고개
여기가 어디인가
가는 곳마다
주린 백성 두메산골
뭉친 떼
웅성거리는 의병판이다
나라 위해 나선 의병 그 가운데는
배고파서 나선 의병도 하나둘이 아니었다

뒤늦게 들은 소식
여기저기 잠겼다가 떠도는 소식
한양성 구중궁궐 왕비가
왜놈 총칼에 죽은 소식
그 소식이 다른 소식 되어
이번에는 임금이 죽었다 한다
소식에는 헛소식도 있어야지
장동 김씨가 다시 세도 나섰다 한다
왜놈이 임금 자리에 앉았다 한다
아니 아니 조선사람 동래부사가
일본땅 건너가 일본 임금 되었다 한다
허허 단 쇠에 참깨 들깨 툭툭 뛰노나

누구 말이 참말이고
누구 말이 귀신 말인고
의병 가운데는 활빈당 생겨나 끼어들었다 한다

심억만이 쫓기는 신세도 신세건만
이 세상 어이 돌아가는가
그런 생각 머리 들어
차츰차츰 그 사람한테서 나라 생각 일어난다
아기 든 아내도
양반 아씨도
그들만의 일이 아니라
세상 일 깨닫는다
세상에 나와 살아보며
세상과 나 둘 아닌 도리 깨닫는다
거친 바람 성난 비 맞고
내 일편단심 솟아난다
보아라
새각시 비녀 하나 나라 위해 써달라고
칼 한 자루 벼리어 써달라고
홍천 의병에게 내놓았다
비록 거기에 뛰어들 수 없으나

죽지 않고 살아 만나는 날
그날의 기쁨 하늘가 철새에게 주어 보냈다
싸우시오 싸우시오
잘 가시오

무거운 몸 아이 든 몸으로
나그네 노릇 숨 막힌다
그러나 가자 가자
갈 길 멀다
사투리 달라 못 알아듣는 길 저승길
그 길 넘으면
다른 나라 그 땅 그 길도 또 가야지
가자

나라 어지러운 때
어디에 내 집 온전하겠느냐
나라 기우는데
어디에 내 논에 곡식 있느냐
가자

드디어 올 날 왔구나

철령 낭 끝에서
발 헛디디면
이내 몸 바람 될 낭 끝에서
바위에 손톱 뭉개며
이 악물며
그 바위굴 속 메아리치는데
소리 소리 소리쳐
칡넝쿨 맨 손목 시퍼렇게 굳으며
아기 낳았다
응애
부른 배 아픔 가득 차
머슴서방 억만이 서방에게
두 다리 맡겨 아기 낳았다
도망치며
도망치며
쌍년이 되고 어미가 되었구나
보아라
바위굴 범 멧새들 지저귀고
한낮인데
여우 놈도 지화자 맴돌았다
칼 내려 탯줄 끊고

지화자 좋구나
얼씨구
태어난 놈 바람 속 볼기치니
바람 멈춰
그때에야 응애응애 울음이여
호수 같은 울음이여
잔물결 위 깨어지는 햇빛 같은 울음이여
오늘 밤 빛나거라
삼십삼천 이십팔수 억만 겹 아기별아
지화자 좋구나
요때기 하나 없이
도피안사 절간 보살한테 얻은 헌 옷가지
그 옷가지 깔고 태어난 아기 눕혔다
귀한지고
숭엄한지고
어린 목숨의 무애여

낫 놓고 기역 자 모르던 머슴
글자에야 부접 못하던 머슴
쌀 한 가마 번쩍 들어 겨 한 가마 지듯 지는 머슴
강화섬 초지진 싸움 끝나고

도망친 강화 부사 때문에
경기감사 물러나서
충청도 부여 땅 자리 잡은 조 감사댁 꼴머슴 상머슴
고조 증조 내림으로
감사 어사 물려온 양반
그 양반댁 머슴 중
으뜸으로 곧은 머슴
비록 상노이나
눈썹 한번 진한 머슴
이제는 용모파기까지 나돈 머슴
머슴 만길이
자네가 이 땅의 아버지가 되었구나
도망치며
도망치며
이 산 저 산에 메아리쳐라
울부짖는 아버지 되었구나
두 주먹 불끈 움켜쥔 아버지가 되었구나
피울음의 기쁨이구나
날 저무는구나

내 자식아 내 세상아

바위굴 속 바위 위에서 낳은 놈이니
바우라고 부르리라
만고풍상 다 맞고도
끄떡없는 바위이거라 백성이거라
바우라고 부르리라

본디 근본 없는 핏줄이라
성 모르는 천출이라
전라도 법성포 칠산바다 조깃배 부섯배 뱃놈
그 뱃놈 성 얻어
가을 추자 하나 얻어
추만길이라 불러왔다
혹은 각설이꾼 씨라 하고
혹은 화랭이패 잡년 씨라 하고
불갑산
불갑사 범패 중의 씨라 하고
장성 갈재 화적 두목의 씨라 하는데
사내 한번 쓸만하구나
등짐 지면
어둔 길 등짐까지가
출렁출렁 추만길이구나

장대 던져 도둑고양이 잘도 잡는 추만길이구나

이제 그 가을 추자 바람 속에 주어버리고
쇠금자 성 붙였다
쇠처럼 강하여라
무쇠처럼 강하여라
내 자식아
네 이름도 김바우라
네가 내 조상이다 내 나라다 내 자식의 자식이다
김바우야
바우야
네 아비 가을 추자 끝났다
바우야
백성에게 성인들 이름인들
그것을 부를 때가 시초 아니더냐
바우야

북부여땅 고구려땅 달려갈 바우야
돌아서서
진달래 활짝 피는 조선 산천 바우야
바우야 바우야 독바우야 개바우야

갓난아기 치켜들어 해 쏘이고
달밤에 조각달 눈맞췄다
산바람 왜바람에
저 머나먼 바다 가수알바람에 숨 막히겠다
바람 쏘여
너 조선 바우야
둥기둥기 너 치켜든
네 아비 억세구나
네 어미 거룩하구나
아기 낳았으니
한동안 굴속에 살아야 했다
아기 아비 두메마을 내려가 먹을 것 구해 왔다
덮을 것 구해 왔다
아기 어미 산후 조섭 묵은 호박도 구해 왔다
그러다가 철령 너머 또 떠나야 했다
가는 데마다
가는 데마다
겨우 눈붙이는 데마다
본이름 뱃속에서 녹여버리고
몇 번이나 이름도 성도 갈아야 한다
한양아씨

목단꽃아씨
조 감사댁 외동 아씨가
그때마다 서방님 이름 지으니
심억만이로 방대산 화전꾼 되었고
그 뒤로는 김씨로 되고
박봉이
강일남이
유만석이
덕원 문천 땅 구칠성이
어느 때는 청맹과니 벙어리 시늉
어느 때는 한쪽 다리 병신 시늉
정복술이
삼종이
어느 때는 등짐장수
어느 때는 벌목일꾼
또 어느 때는 거랑꾼 천내산골 거랑꾼
길에서 익히고
밭고랑에서 배운 것으로
귀명창으로
들은풍월로
그때그때 모면하니

일자무식 머슴이건만
눈썰미 하나 뛰어나고
생각마다 총명하니
깊은 속 천길이니
함께 사는 각시한테
하늘천 따지도 하나둘 터득한다
가갸거겨
개구락지소리 언문도 아는 길 가게 되었구나
그동안 글 배우려면 머슴 상쇠가 쥐어박았다
마름 녀석이 발길로 차려무나
이놈아 머슴 주제에 눈깔에 글자 들어가면
네 목숨 삼복철 개목숨이여
그러나 이제 글 배워 글 읽는 소리 낸다
사랑이 뭣이더냐
어리석은 자 깨달음이다 글 같은 슬기이다 빛이다
세상이 뭣이더냐
세상이 글 같은 스승이다 세상만사 큰 공부다
글이란 본디 양반의 수작 아니로다
널리널리 백성의 눈과 귀 아닐까부냐

그러나 한나절인들 마음 놓을 데 없구나

하룻밤 단잠도
세 번 네 번 깨는 버릇
귀 두고 자고
눈 두고 자야 한다
어느 애막 검불잠에도
부스럭 소리에 잠 깨고
적막 삼경에도 귓구멍에 부엉이 두어라
애오라지 슬픔인들 슬퍼할 밤이 없다

여기가 어디인가
영흥고을 하포에서
명탯배 주낙배 짓는 데서
재목 나르기 한철을 보내다가
어깨 다쳐 짐 챙겨
그 파도소리 등지고 떠나야 했다
이 세 식구
이번에는 어디로 가나
하포 톱쟁이한테 배운 처방이라
약초 캐러 들어간 산
단속산
단속산 일지암

불목하니 나무꾼으로
약 캐어 병 고치며
무관대사 약초의술 봉술 익히니
어린 아기 김바우야 너도 배울 날 있으리라
박달나무 막대 하나
어깨에 메고
허리 받쳐 내려오며
흥얼흥얼 콧노래 한다
지난날 콩 걷은 저녁나절
흥얼대던 그 육자배기야
저 건너 갈미봉에 비가 몰려 들어온다

백마강 기슭 지나가던 동학군 떠올랐다
녹두장군 궁궁을을 그 군사 떠올랐다
여기 함경도 산골에도
그 녹두장군 이야기 떠돌고 있다
백성 일어난 이야기
천지개벽 이야기
백성 일어나 새 세상 차지한다는 이야기
그 이야기 들을 때마다
바우 아비 눈감았다

삼천리 방방곡곡 연장 들고 총 들고 나선 이야기
척양척왜 의병 이야기 활빈당 이야기
그 이야기 들을 때마다
바우 아비 입 다물고 눈 빛났다
괴질병 고치러 온
함흥 선비한테 들었다
그 선비 병 고치면
나라 구하러 나서겠다고
한겨울에도 얼음 깨어 몸 씻었다
바우 아비 환하도록 깨쳤다
이 세상 깨쳤다
그 선비 말인즉
맡은 바 무겁고 길은 멀다 하였다
논어의 말이라 하였다
먼 하늘 남쪽 하늘 말없이 불러다가
내내 쳐다보았다
나 하나 도망치는 이 신세야
나라 신세
겨레 신세와 무엇이 다르단 말이냐
두려워 말라
두려워하지 않을 힘 펑펑 솟는다

바우 아범
바우 아범
바우 어멈
바우야 네 갓난 힘 솟는다
아직 도망치는 신세건만
가는 봄
잎새 보며 기운난다

내 자식아
네가 하늘 아니냐
내 자식아
네가 별 하나 좀낭아초꽃 하나 아니냐
부디 네 세월 큰 땅 오거든
쫓기는 이 부모 평생으로
네 땅 말뚝 박아라
수레바퀴 던져라
던져
수레바퀴 떨어진 그곳까지
멀리멀리
네 나라 열어라

그러나 네 아비 어미 쫓는 발길 끊어지지 않는구나
쫓는 자 왜놈 정탐꾼 낭인에게 붙어서
왜놈 따라 온다는 소문 있다
하포에서
한 젊은이가
왜놈하고 한패 되어
이러저러한 남녀 못 보았느냐고 묻더란다
왜놈은 금노다지 찾고
호랑이 잡으려고 호랑이 많은데 찾는다 한다
논밭도 조사하고 고을 마을도 샅샅이 살핀다 한다
그 왜놈 사타구니에 붙어
추만길이 한양아씨 행적을 찾는다 한다

가자 가자
북으로 가자
가다가 더 갈 데 없으면
죽음에 돌아서자
힘찬 목 댕강 잘릴지라도
그러나 가자
새 세상 세우러
어린 아기 바우 세우러
북으로 북으로 가자

2

대장경

한반도야 한 이삼백 년만 가라앉아라
바다밖에는 아무것도 없도록
아무리 찾아보아도
창천하蒼天下 바다밖에는 아무것도 없도록
그리하여 이 강토 삼천리를
대장경 원목으로 바닷물에 푸욱 절였다가
한 이삼백 년 뒤에 떠오르게 하라
눈보라 일월성신이야
그대로 지긋지긋하게 두고
한반도의 온갖 싸구려 권세 죽여서
빈 땅으로 두둥실 떠오르게 하라
거기 새 꽃 새 열매 나라 세우고
잃어버렸던 말을 찾아 말하게 하라
뭇사람의 진리 말하게 하라
그리하여 삭지 않는 대장경으로 남아서
이제부터 거룩한 이는 뭇사람임을 말하라
한반도야 한반도야 이대로는 안되겠구나
매스게임 가라 매스게임 가라
사람을 사람답게 하고 뭇사람을 거룩하게 하라
한반도야 한 이삼백 년 아니거든
눈 딱 감고 막무가내로 천 년만 가라앉아라

폐결핵

1

누님이 와서 이마맡에 앉고
외로운 파스, 하이드라지드병瓶 속에
들어 있는 정서情緒를 보고 있다.
뜨락의 목련이 쪼개어지고 있다.
한 번의 긴 숨이 창 너머 하늘로 삭아가버린다.
오늘, 슬픈 하루의 오후에도
늑골에서 두근거리는 신神이
어딘가의 머나먼 곳으로 간다.
지금은 거울에 담겨진 기도와
소름조차 말라버린 얼굴,
모든 것은 이렇게 두려웁고나
기침은 누님의 간음姦淫,
한 겨를의 실크빛 연애戀愛에도
나의 시달리는 홑이불의 일요일을
누님이 그렇게 보고 있다.
언제나 오는 것은 없고 떠나는 것뿐
누님이 치마 끝을 매만지며
화장化粧 얼굴의 땀을 닦아 내린다.

2

형수는 형의 이야기를 해준다.
형수의 묵은 젖을 빨으며
고향의 병풍 아래로 유혹된다.
그분보다도 이미 아는 형의 반생애,
나는 차라리 모르는 척하고 눈을 감는다.
항상 기旗 아래 있는 영웅이 떠오르며
그 영웅을 잠재우는 미인이 떠오르며
형수에게 넓은 농지에 대하여 물어보려 한다.
내가 창조한 것은 누가 이을까,
쓸쓸하게 고개에 녹아가는
눈허리의 명암을 씻고 그분은 나를 본다.
작은 카나리아 핏방울을 혀에 구을리며
자고 싶도록 밤이 간다.
내가 자는 것만이 사는 것이다.
그리고 형의 사후死後를 잊어야 한다.
얼마나 많은 끝이 또 하나 지나는가.
형수는 밤의 부엌 램프를
내 기침 소리에 맡기고 간다.

문의文義마을에 가서

겨울 문의*에 가서 보았다.
거기까지 다다른 길이
몇 갈래의 길과 가까스로 만나는 것을
죽음은 죽음만큼
이 세상의 길이 신성하기를 바란다.
마른 소리로 한 번씩 귀를 달고
길들은 저마다 추운 소백산맥 쪽으로 뻗는구나.
그러나 빈부에 잦은 삶은 길에서 돌아가
잠든 마을에 재를 날리고
문득 팔짱 끼고 서서 참으면
먼 산이 너무 가깝구나.
눈이여 죽음을 덮고 또 무엇을 덮겠느냐.

겨울 문의에 가서 보았다.
죽음이 삶을 꽉 껴안은 채
한 죽음을 무덤으로 받는 것을.
끝까지 참다 참다
죽음은 이 세상의 인기척을 듣고
저만큼 가서 뒤를 돌아다본다.
지난여름의 부용꽃인 듯

준엄한 정의인 듯
모든 것은 낮아서
이 세상에 눈이 내리고
아무리 돌을 던져도 죽음에 맞지 않는다.
겨울 문의여 눈이 죽음을 덮고 나면 우리 모두 다 덮이겠느냐.

*) 충북 청원군의 한 마을. 지금은 대청댐에 가라앉음.

천은사운泉隱寺韻

그이들끼리
살데.

골짜구니 아래도 그 위에도
그들의 얼얼이 떠서
바람으로 들리데.

그이들은
밤 솔바람소리,

차라리 바위 보아
비인 산허리.

가을이 오데.

바위를 골라
나앉아 우는 추녀 끝
뜰에 떨어지는 풍경소리에,
그이들끼리
살데.

그이들은 늙데.

돌아와 한번 잊은제
도로 가고 싶은 그이들의 얼 바람 진
산허리.

그이들은
살데.

진주晉州 남강

우리들, 나와 서 있는 우리들의 가난에게
겨울 남강은 풀려오는구나.
보리밭들 새파란 대로 퍼져가보면
그곳엔 오는 봄이 와 노을 일고 사랑할 테니,
강은 노을이 되다
먼 곳의 강은 누님인가.
우리 가난한 혼백들이 이렇다 사꾀어질 때
풀리는 강 우에 오는 구름 소리들이
비치이는 슬픔이나 기쁨이나, 흐르는가.
오 누님의 마음은 오는 강이요
강가에 우리 원만치는 늙고 있고나.
그렇게는 겨울 남강이 노을 되는 우리 앞엔
자는 사랑이 생겨나는가.
나와 서 있는 우리의 가난에게
남강의 저승은 풀리는구나.

들밥

재돈이 어머니가요
방아달 큰 논배미 모 심으니
밥 먹으러 오라기에
점심 때 맞춰 염치없이 나갔지요
그랬더니 일꾼들하고
일꾼네 아이들하고
저 건너밭에 나온 아낙까지도
어서 와 어서 와 불러다가
모두모두
논두렁 한 마당 밥 먹었지요
먼 산도 하늘도 와 함께
고봉밥 한 그릇 다 먹었지요

눈길

이마에
눈을 맞으며
우리는 아무것이 없어도
크다란 입김을 어려주마
눈이여 내려라
우리는 아무것이 없어도
눈에 묻히마

눈이여 우리 청춘의
더러운 자욱과
기도 우에
쌓이지 않겠느냐
산악과 같이
은은히 얼게 하지 않겠느냐

엄마의 배 안에서 듣던 머언
겨울 산맥의 우레여
눈이여 내려라
기침하는 엄마
아아 옷 속의 마음 울리고

우리의 이마에도
눈이여 내려라

이마에
눈을 맞으며
우리는 아무것이 없어도
크다란 입김을 어려주마
눈에 묻히마
눈이여 내려라

그리움

산에 올라 난바다 바라보는 날이여
어이 너에게
그리운 것 없겠느냐

이 눈부신 백 년 가득히!

이 땅의 어머니여 아기여

제 자식에게나 남의 자식에게나
다 친어머니 아니라면
어찌 이 땅의 어머니이겠습니까
징벌이 아닐진대
당신의 귀한 자식 사치 가운데 놀거든
당장 불호령 쳐 데려오소서
그 사치와 헛된 영화가 머지않아
이 땅에 흉년 열 번을 불러들입니다
그때 당신의 자식 폐허에 처하여
오도가도 못할 신세일 줄 오늘따라 울며 깨치소서
어머니여 당신 자식의 생일이거든
부디 집안에서 죄없이 미역국 한 그릇 그윽히 뜨소서
아 이 땅의 어머니가 어찌 어머니 노릇뿐입니까
여섯 허공 강추위에 힘껏 부르짖기를
역사의 신은 여신이외다 이 땅의 어머니여
남북 천만 어머니 서로 원수로 갈라졌으나
이제 올 세상 한 덩어리 기쁨이여
아 이 땅의 기쁨이 진정 그것이거니와
오늘 아장아장 걷는 아기여
어와둥둥 어머니 두 팔로 들어 올리는 푸른 하늘이여
우리 아기에게 맡길 삼천리강산 한세상이여

동행

단협인가 개좆불인가 다녀오는 길 팍팍한 길
돈 봄 얻으러 갔다가 눈꼴 신 꼴이나 보고
발바닥만 아픈 길 땀바가지 길
왜앵! 하고 따라붙는 놈은 날파리 한 놈이구나
안 그래도 귀때기 새파란 놈한테 아쉬운 소리 했다가
농민들 의식구조가 돼먹지 않았어
걸핏하면 농협에나 의존하는 의타심 버려야 해
농협은 농민의 감기까지 배탈까지 걱정하는 데 아냐
어쩌구 저쩌구 그따위 신소리나 듣고 오는 길
날파리야 네놈 하나 귀찮게 따라붙었구나
이마빡에 앉았다가 쫓으면 팔뚝에 앉고
팔뚝 내두르니 이번에는 모가지에 앉는구나
아무리 쫓아도 웽하고 따라붙는 놈
벌써 마을에 접어들어도 헤어질 줄 모르는 놈
쫓다가 쫓다가 이제 팍 정들어
그래 가는 데까지 가자 함께 가자
급전 얻을 사촌 없다 사돈 없다
별수 없이 소 한 마리 있는 것
단돈 오십만 원이라도 받고 팔아야지
죽지 않고 고르릉고르릉 하시는 팔순 어머님

그 돈으로 주사라도 몇 대 맞게 해드려야지
날파리야 날파리야
이제 보니 네놈밖에 알아줄 놈 없구나
산에 가서 똥 싸면
맨 먼저 웽하고 달려오는 네놈밖에

햇볕

어쩔 줄 모르겠구나
침을 삼키고
불행을 삼키자
9사상 반 평짜리 북창 감방에
고귀한 손님이 오신다
과장 순시가 아니라
저녁 무렵 한동안의 햇볕
접고 접은 딱지만하게 햇볕이 오신다
환장하겠다 첫사랑
거기에 손바닥 놓아본다
수줍은 발 벗어 발가락을 쪼인다
그러다가 엎드려
비종교적으로 마른 얼굴 대고 있으면
햇볕 조각은 덧없이 미끄러진다
쇠창살 넘어 손님은 덧없이 떠난 뒤
방안은 몇 곱으로 춥다 어둡다
육군교도소 특감은 암실이다
햇볕 없이 히히 웃었다
하루는 송장 넣은 관이었고
하루는 전혀 바다였다

용하도다 거기서 사람들 몇이 살아난 것이다

살아 있다는 것은 돛단배 하나 없는 바다이기도 하구나

긴 겨울에 이어지는 봄이 우리인 것을

우리나라 사람 여섯여섯 질겨서
지난겨울 큰 추위에도 얼어 죽지 않고 무사히 보냈습니다
그러나 삼한사온 없어진 그런 겨울 백 번만 살면
너도 나도 겨울처럼 산처럼 깊어지겠습니다
추위로 사람이 얼어 죽기도 하지만 사람이 추위에 깊어
집니다
우리나라 사람 좀 더 깊어야 합니다
드디어 묘향산만큼 깊어야 합니다
장마 고생이 가뭄만 못하고
가난에는 겨울이 여름만 못한 것이 우리네 살림입니다
이 세상 한 번도 속여본 적 없는 사람은 이미 깊은 사람
입니다
그런 순량한 농부 하나 둘이
긴 겨울 지국총 소리 하나 없이 살다가
눈더미에 묻힌 마을에서 껌벅껌벅 눈뜨고 있습니다
깊은 사람은 하늘에 있지 않고 우리 농부입니다
아무리 이 나라 불난 집 도둑 잘되고
그 집 앞 버드나무 잘 자라도
남의 공적 가로채는 자 많을지라도
긴 겨울을 견디며 그 하루하루로 깊어서 봄이 옵니다

봄은 이윽고 긴 겨울에 이어지는 골짜기마다 우리인 것을
누가 모르랴 동네 어른이며 날짐승이며
봄이 왔다고 후닥닥 덕석 벗지 않는 외양간 식구며
나뭇가지마다 힘껏 눈이 트는 봄이
이미 우리들의 얼굴에 오르는 환한 웃음입니다
깊은 겨울을 보낸 깊은 충만으로
우리들의 많은 할 일을 적실 빛나는 울음입니다

아침 이슬

여기 어이할 수 없는 황홀!
아아 끝끝내 아침 이슬 한 방울로 돌아가야 할
내 욕망이여!

조국의 별

별 하나 우러러보며 젊자
어둠 속에서
내 자식들의 초롱초롱한 가슴이자
내 가슴으로
한밤중 몇백 광년의 조국이자
아무리 멍든 몸으로 쓰러질지라도
지금 진리에 가장 가까운 건 젊음이다
땅 위의 모든 이들아 젊자
긴 밤 두 눈 두 눈물로
내 조국은
저 별과 나 사이의 가득 찬 기쁨 아니냐
별 우러러보며 젊자
결코 욕될 수 없는
내 조국의 뜨거운 별 하나로
네 자식 내 자식의 그날을 삼자
그렇다 이 아름다움의 끝
항상 끝에서 태어난다 아침이자
내 아침 햇빛 떨리는 조국
오늘 여기 부여안을 일체결합의 젊음이자

미지未知에 대하여

어느 날 아는 얼굴을
눈부시어 바라볼 수 없었다.
눈부신 것은 죄를 짓고 눈부시므로
앞산이나 오래 산 곳이
스스로 빛이 되어서
얼굴에 내 마음을 앞세운다.
그 뒤로 물결이 많은 물에서
다만 아는 얼굴이
아는 듯 모르는 듯 번쩍인다.
앞산을 떠나고 내가 물을 떠나서
어느 때든지 때는 마지막이므로
돌아가는 새소리가 박힌다.
이 세상은 소리로 깨닫는가.
아무도 없는 저녁 무렵을
내 마음이 물러선다.
아는 얼굴은 이 세상이며
다른 세상에서는 새로 인사한다.
내가 집으로 돌아가서
그곳은 어제도 오늘이므로
밤에 자다 깨일 때도 있고

모든 모르는 얼굴이
무덤과 무덤 사이로 첩첩하다.
어느 날 그 얼굴들을
내가 새소리로 만난다면
어떻게 죽음이 삶을 앞서는가.
혹은 만나지 못해서
아주 모르는 얼굴로
이 세상에 들어오고 나가는가.
앞산도 흐르는 물도 모르는 것으로
마음에 담을 수 있다면
내 마음에도 담고 싶다.
그러나 죽은 뒤에도 세상이므로
그곳에도 얼굴이 있고
아직 이 세상에도 있다.
깊은 밤 모든 모르는 얼굴에
차라리 눈부시어 눈 감고
이 세상에서도 다른 세상에서도
아는 얼굴이 되어
하루 이틀 사이 헤어지고 싶다.

제삿날

잘 다녀오셔요라고 하면
도리어 돌아오지 못한다고
그래서 잘 가시어요라고 작별한다
묵호 어부의 아낙들
그렇게 서방 작별한 뒤
오징어 덕장에 나가
오징어 너는 일
명태 배 따고 잔손질하는 일로 풀칠하며
바다로 간 서방 돌아오기를 기다린다
쑥국새 하나 울지 않고 기다렸지만
끝내 돌아오지 않는다
재작년 섣달 스무하룻날 풍랑에 배 가라앉았다
산지골 아낙들 떼과부 되어
바닷가 회사로 달려가 엉엉 울부짖었다
내 서방 내놓으라고
내 서방 내놓으라고
방파제 무인등대에 달려가 울부짖었다
바다에 대고
내 서방 내놓으라고
3년 뒤 그날이다

오늘이 그날이다
산지골 집집마다
한밤중 떼 지어 제사상 차린다

파도 소리에 묻혀
눈 멀뚱멀뚱 어린 것들
제사상 귤 열 개 바라본다
돼지고기국에 뜬 비계토막 바라본다

눈 내리는 날

눈 내린다.
마을에서 개가 되고 싶다.
마을 보리밭에서 개가 되고 싶다
아냐
깊은 산중
아무것도 모르고
잠든 곰이 되고 싶다
눈 내린다
눈 내린다

거기서 만난 노동자

얼마나 오랜만이냐
너에게 그 지긋지긋한 감시자 구사대 없어 좋겠구나
너에게 그 재해투성이 공장 없어 좋겠구나
남도 고향에서
까막까막 까막새 울고
어린 동생 끼니를 걸러 욕이라도 먹어야 배부를 때
너에게 그 속쓰린 잔업 없어 좋겠구나

노동자가 공장에 있지 않고 감옥에 있을 때
이때가 노동자의 때인 줄
오늘 알았다
뜨거운 물에 들어갔을 때

얼마나 오랜만이냐
쇠창살에 대고 노래하는 너에게
얼마나 오랜만이냐
얼마나 오랜만이냐
온 세상이 기뻐 날뛰는 그날 위해
새들처럼 노래하는 너에게

앵두꽃

새터 오목이네집
초가삼간인데
얌전하디 얌전한 집
쌀 보리 밀 콩 팥 옥수수 수수 차조 귀리
무엇 하나 없는 것 없다
다섯 곡식 일곱 곡식 없는 것 없다
우리 동네 알뜰한 집
오목이 어머니
그 아금발이 살림솜씨
늘 낭자 곱고
앞치마 푼 적 없다
키질하면
들깨 알 하나 조 낱 하나 까불어 나가는 법 없다
그 집에
긴 겨울 가
봄이 오면
앵두나무 두 그루
앵두꽃 피어
다 일 나가고 빈 집인데
그 집 가득히 빛내주고 있다

환하게 빛내고 있다
어이쿠 원통해라
어느 복 터진 잡놈 있어
그 집으로 장가들어
오목이 어머니 빼다박은 오목이 업어갈지
업어가다가 발병 날지

자작나무 숲으로 가서

광혜원 이월마을에서 칠현산 기슭에 이르기 전에
그만 나는 영문 모를 드넓은 자작나무 분지로 접어들었다
누군가가 가라고 내 등을 떠밀었는지 나는 뒤돌아보았다
아무도 없다 다만 눈발에 익숙한 먼 산에 대해서
아무런 상관도 없게 자작나무숲의 벗은 몸들이
이 세상을 정직하게 한다 그렇구나 겨울나무들만이 타락
을 모른다

슬픔에는 거짓이 없다 어찌 삶으로 울지 않은 사람이 있
겠느냐
오래오래 우리나라 여자야말로 울음이었다 스스로 달래
어 온 울음이었다
자작나무는 저희들끼리건만 찾아든 나까지 하나가 된다
누구나 다 여기 오지 못해도 여기에 온 것이나 다름없이
자작나무는 오지 못한 사람 하나하나와도 함께인 양 아
름답다

나는 나무와 나뭇가지와 깊은 하늘 속의 우듬지의 떨림
을 보며
나 자신에게도 세상에도 우쭐해서 나뭇짐 지게 무겁게
지고 싶었다

아니 이런 추운 곳의 적막으로 태어나는 눈엽이나
삼거리 술집의 삶은 고기처럼 순하고 싶었다
너무나 교조적인 삶이었으므로 미풍에 대해서도 사나웠
으므로

얼마만이냐 이런 곳이야말로 우리에게 십여 년 만에 강
렬한 곳이다
강렬한 이 경건성! 이것은 나 한 사람에게가 아니라
온 세상을 향해 말하는 것을 내 벅찬 가슴은 벌써 알고
있다
사람들도 자기가 모든 낱낱 중의 하나임을 깨달을 때가
온다
나는 어린 시절에 이미 늙어버렸다 여기 와서 나는 또 태
어나야 한다
그래서 이제 나는 자작나무의 천부적인 겨울과 함께
깨물어 먹고 싶은 어여쁨에 들떠 남의 어린 외동으로 자
라난다

나는 광혜원으로 내려가는 길을 등지고 삭풍의 칠현산
험한 길로 서슴없이 지향했다

나 자신을 위하여

두 눈 가리고 말고 쏴라
나는
이 아름다운 나라의 누명을 쓰고
서서 죽겠다
서서 죽겠다
어머니를 부르지 않겠다
또 무엇을 부르지 않겠다
죽음은 처참할수록 화려하다
죽은 패배가 아니라
오욕과 노쇠가 아니라
붉은 꽃
흰 히아신스여야 한다
한밤중 벼랑과도 같은 철학의 어둠이어야 한다
쏴라 쏴라
엠16 총탄 5발
확인사살 1발
내가 우리나라 역사 속에서
단 한 번 예술가일 수 있는 때는
이때뿐이다
쏴라

쏴라
두 눈 가리지 말고
눈으로 살아
눈으로 죽겠다 젊은 헌병이여

산수유

여기저기 산수유꽃이시어라
추운 바람 속
이미 봄이옵나니

그것도 모르고 기다리던 봄이시라면
제 마음 가득히 여든 살 아흔 살도 헛되옵나니

이런 봄 첫걸음에 점심 굶는 어린이 있사옵나니

각혈

1

아아 저물기 전에 노래하자
괴로움을
또한 첫눈을 노래하자

한 마리의 밤새가 되어
대낮 가득히 노래하자

2

아무리 바라보아도 어제의 하늘일 뿐
저 하늘에서는
눈이 내리고 내 가슴에서는 눈 쌓인다

아아 저물기 전에 노래하자 혼자도 괴로우면 여럿이구나

3

아아 저물기 전에 노래하자 저물기 전에 노래하자
나는 누구한테도 사랑받을 수 없고
오직 눈 먼 산 보며 사랑하였다
아아 첫눈이 내리므로 노래하고 쓰러지자

죽은 사람들에게

살아있다면
내 나이 55세가 되어
여기 서 있을 그대 그대 그대
다 죽어
흔적도 없이
머리카락 한 올도 없이
나뭇잎만 푸르다 꽃만 붉다 꽃만 희다
시대의 잘못 있어
서로 원수와 원수로 불을 뿜고
피가 튀었던
그 싸움의 세월 묻어
여기
한 그루 다친 나무로 있을 뿐
다 죽어
어디에도 그대는 없다
그 총도 칼도 없다
그러나 백 년 뒤
그 싸움의 역사 쌍! 없어지지 않으리라
지리산 세석평전 철쭉 가득히
그 역사 새겨 눈감으면

산마루마다
골짜기 골짜기마다
그대들은 거기 서 있으리라
검은 청년으로
적의와 순결로 우뚝 서 있으리라
하나의 토대로
그대
그대
그대

나도 남이었구나

어느 목사의 책 넘겨보다가
거기 있는 말 한마디
인민에 의한, 인민을 위한, 인민의 정부!
이 말은 에이브러햄 링컨의 말이 되고 말았다
하늘을 우러러 한 점 부끄러움 없는……
이 말도 한 젊은 시인의 시가 되고 말았다
선배 대통령 하딩의 연설 가운데서
조국이 당신을 위하여 무엇을 할 수 있는가를 묻지 말고
당신이 조국을 위해 무엇을 할 수 있는가를 물으라
라는 말을 떼어내
케네디의 연설이 되고 말았다
어찌 이것뿐인가
증조할아버지의 말은
어느덧 아버지의 말이 되고 말았다
그렇다면
여기 나도
백 년 전
몇백 년 전 남이었구나
아냐! 아냐! 그따위 설장고 치는 놈이 어디 있어

다시 눈물

이 세상은 눈물이 있어서
여자의 눈물이 있어서
비로소 이 세상이 사는 것 같구나
달빛 아래 자욱한 지난날
살아온 것 같구나
그런데 1980년대 이래
이 나라의 여자들은 울지 않는다
이제까지와 전혀 다른 시절이 왔다
이데올로기가 아니라
여자의 눈물로 그것을 안다

지난 몇 천 년 동안의 여자들이여 감사하다

1933년 8월 1일 전북 옥구군 미면 미룡리 용둔부락에서 고
근식高根植과 최점례崔點禮의 장남으로 출생. 본명은
은태銀泰.

1942년 인근 서당에서 한학을 익힘.

1943년 미룡초등학교 입학.

1947년 군산중학교 수석 입학.

1951년 미군 제21항만사령부 운수과에 검수원으로 취직.
군산 북중학교 미술 교사 겸 국어교사로 특채.

1952년 출가함. 법명은 일초一超.

1953년 통영 도솔암에 있는 혜초 스승인 효봉 스님의 상좌.
이후 선 수행과 전국 각처의 절을 떠도는 행각승으
로 방랑.

1957년 효봉 스님이 서울에 있는 총무원장이 되자 스승을
따라서 상경.
<불교신문> 창간 후 초대 주필. 비구승단의 대변인
으로 활동. 선학원에 들어감.

1958년 조지훈 등의 천거로 시「폐결핵」이 ≪현대시≫ 제1
집에 발표.
서정주의 단회 추천으로 ≪현대문학≫ 11월호에
「봄밤의 말씀」「천은사운泉隱寺韻」「눈길」을 발표하
면서 등단

1959년 첫 시집으로 예정되었던 『불나비』 40편의 원고가 인쇄소 화재로 소실.
해인사로 내려와 불교와 실존주의 철학을 비교한 논문「객관성·주관성의 문제」를 ≪문학평론≫에 발표

1960년 첫 시집 『피안감성彼岸感性』(청우) 간행. 해인사 주지대리로 추대.

1961년 장편소설 『피안앵彼岸櫻』(신태양사) 간행.
『반야심경해의般若心經解義』『불교의 길』(선학원) 간행.
전국승려대회 지도위원.

1962년 한국일보에 환속선언을 발표하고 환속. 한국전후문제시집에 『고은집』이 수록.

1963년 제주시 화북동에 도서관 설치. 금강고등공민학교를 개교. <불교신문>에 장시「니르바나」발표.

1964년 시집 『해변의 운문집』(신구문화사) 간행.

1966년 현대문학전집에 『고은집』 수록.

1967년 서울 홍릉으로 이사. 『신 언어의 마을』(민음사), 수필집 『인간은 슬프려고 태어났다』(민음사) 간행.

1968년 수필집 『G선상의 노을』(영진문화사), 『우리를 슬프게 하는 것들』(창조사) 간행.

1969년 동화통신사 부장대우로 취직. 외신기자클럽에서 주정 난동으로 권고사직. 수필집 『어디서 무엇이 되어 만나랴』간행.

1970년 단시집短詩集『세노야』간행. 아버지 사망.

1971년 수필집『한 시대가 가고 있다』간행.

1972년『1950년대』제1권 간행.「노래의 사회사社會史」를
〈한국일보〉에 연재. 1973년 화곡동에 집 마련. 여
러 문인과 함께 문인 간첩단 사건으로 구속된 동료
구명운동 주도. 민청학년 관련으로 구속된 시인 석
방운동 전개.
「이중섭 평전」을 ≪신동아≫에 연재. 역주『당시선
唐詩選』간행.

1974년 자유실천문인협회 창립. 초대 대표간사 역임. 제1
차 선언문 발표 후 가두시위 중 체포(구금되었다가
석방). 민주회복국민회의에 문인대표로 참여(자주
연행됨). 동아일보 백지광고운동에 앞장섬.
시집『문의마을에 가서』(민음사).『이상평전』(민음
사) 간행.
제1회 한국문학작가상 수상.

1975년 긴급조치 9호 선포로 가택구금. 시선집『부활』(민
음사) 간행,

1976년 산문집『환멸을 위하여』, 역주『두보시선』, 불교설
화집『갠지스 강의 저녁놀』등 간행

1977년 시집『입산』(민음사), 소설집『밤 주막』, 수필집『역
사와 더불어 비애와 더불어』『세속의 길』등 간행.

1978년 민주화운동청년협의회 결성. 한국인권위원회 부회장. 시집 『새벽길』(창작과 비평사), 수필집 『사랑을 위하여』, 평론집 『진실을 위하여』 등 간행.

1979년 ≪실천문학≫ 창간을 주도. 국민연합 결성에 참여 (부위원장). YH사건으로 투옥. 산문집 『지평선으로 가는 고행』『이름 지을 수 없는 나의 영가』 간행.

1980년 5월 17일 자정에 강제 연행, 7월 하순 육군 교도소 특별감방으로 송치. 김대중 내란음모 사건에 연루 혐의로 군법회의 1심에서 종신형 선고. 소설집 『산 넘어 산넘어 벅찬 아픔이거라』(은애) 간행.

1982년 8.15 사면으로 가석방.

1983년 이상화와 결혼. 경기도 안성으로 이사. 『고은 시전집 1, 2권』(민음사) 간행.

1984년 시집 『조국의 별』(창작과 비평사), 소설집 『어떤 소년』 간행.

1985년 서사시 「백두산」이 실천문학 강제 폐간으로 연재 중단. 산문집 『지상 의 너와 나』 간행.

1986년 『만인보』, 시집 『시여 날아가라』(실천문학사)『가야 할 사람』『전원 시편』, 평론집 『문학과 민족』, 산문집 『고난의 꽃』, 수필집 『삶이 그대를 속일지라도』『황토의 아들』등 간행. 제13회 한국문학 작가상 수상.

1987년 민주헌법쟁취 국민운동본부 상임 공동대표. 민족문학작가회의 결성.
장편서사시집 『백두산 1, 2권』(창작사). 시집 『너와 나의 황토』, 사찰 기행집 『절을 찾아서』, 평론집 『시와 현실』, 산문집 『바람의 마루 턱』 『흘러라 물』, 시선집 『나의 파도소리』(나남) 등 간행.

1988년 시집 『네 눈동자』(창작과 비평사) 『만인보 4, 5, 6권』 『고은전집』, 산문집 『잎은 피어 청산이 되네』 등 간행.
제3회 만해문학상 수상.

1989년 한국민족예술인총연합회 공동의장으로 취임. 남북작가회담 준비위원장.
작가회담 사건으로 투옥. 『만인보』 9권까지 간행. 산문집 『고은 통신』, 평론집 『환멸을 위하여 진실을 위하여』 등 간행.

1990년 민족문학작가회의 회장. 시집 『아침 이슬』(동아), 산문집 『눈물을 위하여』(풀빛), 『방황, 그리고 질주』, 수필집 『얼마나 나는 들에서 들로 헤매었던가』 『역사는 꿈꾼다』, 평론집 『황혼과 전위』 등 간행.

1991년 시집 『해금강』(한길사), 장편 『화엄경』 『거리의 노래』 『백두산 3, 4권』, 선시집 『뭐냐』, 산문집 『그대는 누구인가 나는 누구인가』, 시선집 『내 조국의 별 아래』(미래사) 등 간행.
민족문학작가회의 의장 역임. 중앙문화대상 수상.

1992년 시집『내일의 노래』(창작과 비평사), 소설집『내가 만든 사막』(책세상),『그들의 벌판』(책세상), 잠언집『나는 아무래도 항구로 가야겠다』(아침) 등 간행.

1993년 시집『아직 가지 않는 길』(현대문학), 에세이집『광야에서의 사색』(동아출판사), 여행기『인도기행』, 자서전『나, 고은 1, 2, 3권』등 간행.

1994년 경기대 대학원 석좌교수.
제1회 대산문학상 시부문 수상.
대하서사시집『백두산 5, 6, 7권』간행.

1995년 시집『독도』(창작과 비평), 소설『정선아리랑』『소설 김삿갓 1, 2, 3권』,『선禪 1, 2권』, 자서전『나의 청동시대』등 간행.

1996년 대하연작시『만인보 11, 12권』간행.

1997년 시집『어느 기념비』, 대하연작시『만인보 13, 14, 15권』간행.
히말라야 순례 중 어머니 별세.

1998년 15일간 북한 방문. 경기대학교 대학원 교수 정년퇴임.
시집『속삭임』간행. 만해대상 수상.

1999년 버클리대 한국학과에서 시론 강의(방문교수). 시집『머나먼 길』, 북한여행기『산하여, 나의 산하여』, 시평론『시가 있는 아침』, 소설『수미산 1, 2권』등 간행.

2000년 남북정상회담 특별수행원으로 평양 방문(정상회담 참여). 남북공동선언이 발표된 만찬장에서 장시「대동강 기슭에서」낭송.
시집『남과 북』『히말라야 시편』간행.

2001년 한국예술종합학교에서 시론 강의. 시집『순간의 꽃』(문학동네), 수필집『길에는 먼저 간 사람의 자취가 있다』간행.

2002년 시선집『고은 시선』, 전38권『고은 전집』(김영사), 시집『두고 온 시』『늦은 노래』『젊은 그들』간행. 은관문화훈장 수훈.

2004년 한국문학평화포럼 회장. 단재상 수상.
오페라 대본「단군(일명 개천)」집필.『만인보 16~20권』간행.

2005년 분단 이후 최초의 한국어 공동사전 편찬을 위한 <겨레말 남북 공동 편찬위원회> 상임위원장 취임.
장편 판소리 대본「초혼」집필.
노르웨이 문화훈장 본슨 문화훈장 수훈.

2006년 백두산에서 남북작가 300여 명이 참가한 문학축제 남측 대회장. 스웨덴의 문학상 시카다상 수상.
『민인보 21, 22, 23권』, 시집『부끄러움 가득』간행.

2007년 서울대 초빙교수, 영랑문학상 수상.
『만인보 24, 25, 26권』, 산문집『우주의 사투리』간행.

2008년 유심문학상, 예술원상, 캐나다 토론토에서 그리핀
　　　문학상, 평생 공로상 수상.
　　　단국대학교 석좌교수.
　　　등단 50주년 기념시집『허공』간행.

2009년 마키즈 명사 사전(Marquis Who's Who)에 등재.
　　　산문집『개념의 숲』간행.

2010년 4월 9일 연작시편『만인보萬人譜』전 30권 4,100편
　　　수록(창작과비평사) 완간.

2013년 한국문화예술위원회 위촉으로 유럽 각국순회. 한국
　　　문학 강연과 강좌.

〖한국대표명시선100〗을 펴내며

한국 현대시 100년의 금자탑은 장엄하다. 오랜 역사와 더불어 꽃피워온 얼·말·글의 새벽을 열었고 외세의 침략으로 역경과 수난 속에서도 모국어의 활화산은 더욱 불길을 뿜어 세계문학 속에 한국시의 참모습을 드러내게 되었다.

이 나라는 글의 나라였고 이 겨레는 시의 겨레였다. 글로 사직을 지키고 시로 살림하며 노래로 산과 물을 감싸왔다. 오늘 높아져 가는 겨레의 위상과 자존의 바탕에도 모국어의 위대한 용암이 들끓고 있음이다.

이제 우리는 이 땅의 시인들이 척박한 시대를 피땀으로 경작해온 풍성한 시의 수확을 먼 미래의 자손들에게까지 누리고 살 양식으로 공급하는 곳간을 여는 일에 나서야 할 때임을 깨닫고 서두르는 것이다.

일찍이 만해는 「님의 침묵」으로 빼앗긴 나라를 되찾고 잃어가는 민족정신을 일으켜 세우는 밑거름으로 삼았으며 그 기름의 뜻은 높은 뫼로 솟아오르고 너른 바다로 뻗어나가고 있다.

만해가 시를 최초로 활자화한 것은 옥중시 「무궁화를 심고자」(《개벽》 27호 1922. 9)였다. 만해사상실천선양회는 그 아흔 돌을 맞아 만해의 시정신을 기리는 일의 하나로 '한국대표명시선100'을 펴내게 된 것이다.

이로써 시인들은 더욱 붓을 가다듬어 후세에 길이 남을 명편들을 낳는 일에 나서게 될 것이고, 이 겨레는 이 크나큰 모국어의 축복을 길이 가슴에 새겨나갈 것이다.

만해사상실천선양회

한국대표명시선100 │ 고　은

백두산

1판1쇄 발행　2013년 7월 31일
1판2쇄 발행　2013년 7월 31일

지 은 이　고　은
뽑 은 이　만해사상실천선양회
펴 낸 이　이 창 섭
펴 낸 곳　시인생각
등 록 번 호　제2012-000007호(2012.7.6)
주　　　소　경기도 고양시 호수로 688. A-419호
　　　　　　ⓤ410-905
전　　　화　050-5552-2222
팩　　　스　(031)812-5121
이 메 일　lkb4000@hanmail.net

값 6,000원

ISBN　978-89-98047-98-6　03810

※ 이 책은 만해사상실천선양회의 지원으로 간행되었습니다.